KB065681

문학과지성 시인선 449

양들의 사회학

김지녀 시집

문학과지성사

문학과지성 시인선 449
양들의 사회학

초판 1쇄 발행 2014년 4월 7일
초판 3쇄 발행 2019년 4월 15일

지 은 이 김지녀
펴 낸 이 이광호
펴 낸 곳 ㈜문학과지성사

등록번호 제1993-000098호
주　　소 121-894 서울 마포구 잔다리로7길 18(서교동 377-20)
전　　화 02)338-7224
팩　　스 02)323-4180(편집)　02)338-7221(영업)
전자우편 moonji@moonji.com
홈페이지 www.moonji.com

ISBN 978-89-320-2617-6

* 지은이는 2013년도 서울문화재단 예술창작지원금을 수혜했습니다.

문학과지성 시인선 449

양들의 사회학

김지녀

2014

시인의 말

화를 낼 때 가장 아름다운 얼굴이고 싶다

2014년 4월
김지녀

양들의 사회학

차례

1부

B1

우리의 발목쯤이라고 할 수 있다, 여긴

벽이 얇아서 다 들린다
내려올 때도
올라갈 때도
절정이랄까, 내러티브 같은 것은 없지만
발소리로 짐작되는 세계는
어제 읽은 소설보다 더 재미있다

지금 나는 나의 사후에 발표될 시를 쓴다
슬픈 얼굴로 태어난 슬픈 얼굴
언제든 수정될 이 문장으로 여긴,
벽이 얇다

더럽혀진 공기가
발목을 스치고
당신은 방금 나를 지나쳤다
웃고 떠드는 사이, 우리의 발목이 사라졌다

장미와 주먹

오늘 밤은 길어서 구부리기에 좋다
끝을 잡아 돌리니까 밤은 잘도 돌아 서른번째 밤은
주먹이 되어 나를 향해 멈춰 있다
좀 투박하고
비어 있지만 마음에 든다
주먹을 두 손으로 감싸고
체온을 조금 나누어 주었을 때

피어난 장미 서른한번째 밤이 되기 전에
장미, 장미, 장미가 피어서 장미의 얼굴로
서른한번째 밤은 아름답고
시들어서 고요해
가시가 돋고
그 속에 웅크려 도취해

주먹은 조금 더 커져 있다 오늘 밤은 길어서
촛농이 흐르고
손금이 갈라져

편지를 써야지 피어나는 것들을 잘 기억하도록
병든 담장에 기대어
장미의 마지막 숨소리를 들어주어야지

오늘 밤, 장미는 다시 필 거야
무거움을 버리고
차가운 주먹을 펼 거야 나를 향해, 다시

첫번째 밤이 길어지고 있다

물체주머니의 밤

보이는 것을 집어삼키기 위해
내 몸의 절반은 위가 되었다 가끔
헛배를 앓거나
묽어진 울음을 토해냈지만
송곳도 뚫고 들어올 수 없는 내벽의 주름들이
굶주린 항아리처럼 입을 벌리고 있다

안쪽으로 쑥, 손을 넣어 악수하고
손끝에 닿는 것들을 위무하고 싶은, 밤
나는 만질 때에만 잎이 돋는 나무 조각이거나
따뜻해지는 금속에 가깝다

내 안에 꽉 들어찬 것은 희박하고 건조한 공기

기침을 할 때 튀어나오는 금속성 소리
날카롭게 찢어진 곳에서, 푸드득 날아간 새는 기침
의 영혼인가
한 문장을 다 완성하기도 전에

소멸하는 빛과 어둠, 사이에서

나는 되새김질을 반복했다, 반복해도
소화되지 않는 두 입술

사물들의 턱뼈가 더욱 강해진다
밧줄처럼 허공에 매달린 나는 공복이다

나의 잠은 북쪽에서부터 내려온다

북쪽을 모르면서
북쪽이 그리웠다

나는 감염된 계절이에요 팔과 다리를 오므리고 한
덩어리의 어둠으로 녹아가는 중입니다 크고 검은 고
래의 뼈를 생각합니다 아늑한 동굴입니다

얼마나 남았을까요?
나는 벤젠처럼 냄새가 없어요
창문을 열어놓고 자는 버릇을 고칠 수가 없어요*

집으로 돌아오는 골목을 지우면서
휘파람을 불면서 아래로
더 아래로, 추락하는 꿈속에서
찬바람이 불어, 나를 모르는 사람의 눈동자에서

충혈된다는 것은 출구가 없다는 것

빗속에서도 젖지 않고 메말라가는 곳
그런데 나는, 언제까지 뻗어가야 하는 동굴일까요?

닫힌 서랍 속에서
북쪽의 태양이 길어지고
나를 모르는 사람들이 자꾸만 태어나고

북쪽을 모르면서
북쪽이 그리웠다

나는 조금 더 어두워졌다

* 릴케, 『말테의 수기』.

숨

흉곽은 부서지기 쉬운 벽이다
가득 차 있는 공기는 막다른 골목에서
수만 갈래로 갈라지고
기침은 밤을 붙잡고 빛을 끌어당기면서
눈을 감는다

어둠을 펼쳐놓은 두 날개에게
무늬는 되나올 수 없는 미로다

바깥에서부터 당신이 공기를 밀고 들어올 때
결말을 모르는 말들 속에서 나는 쉼표를 찾고
날개를 폈다 접는다
당신의 공기가 나의 내부로 들어와 있음을 느끼지만

바깥에서부터 당신이 공기를 거두어갈 때
이미 시작된 죽음에서, 죽음 쪽으로 나는 취해가는
것이다
벽은 갈라져 무너지고 있지만

가장 길게 누워 나는 제목 없이도 거의 완성되고
있다

　바깥에서부터 당신이 공기를 밀고 들어올 때
나는 나를 되돌아 나올 수가 없는 것이다

알약들이 녹는다는 것

창문들이 내 주위를 빙빙 돌며
휘파람을 분다
신사 숙녀 여러분, 밤이 돌아왔습니다
복도를 지나 사람들 사이를 비집고 들어오는
이 밤의 병명은 무엇입니까
잠깐 자고 일어나 길게 하품하는
입속은 한겨울 비닐하우스처럼 후텁지근해
쫄쫄쫄 식도를 따라 내려가는 물에선 약냄새가 진
동하는데
낡은 유니폼을 갈아입고 있는 밤이여, 오늘은
수용소 문학을 이해할 것 같은 날이기에
소각장의 연기가 무럭무럭 피어나는 것을 위로할
겨를이 없네
꿈을 꾸고
겁을 먹고
토사처럼 몸이 무너져 내려도
나는 영생을 믿지 않고
윤회 또한 내 차례까지 돌아오지 못할 것을 알지만

기도로 시작해서 기도로 끝나는 이웃들의 침대 위
에서
 믿음은 쉬지 않고 중얼거린다
 누가 저 사람 입 좀 다물게 할 수 없어?
 가래침처럼, 믿음은 왜 저리 끈적한 건지
 내 쓰레기통에는 믿음이란 낱말들이 수북이 쌓여
있다
 붉은 십자가의 전원을 내리고
 나의 머리맡에 자비를
 그러나 나의 기도는 두 손 사이로 미끄러지는 비누
처럼
 거품이 잘 나지 않는다
 양쪽 다리에 깁스를 하고 누운 밤이여, 창문들이여
 잠들었는가, 물끄러미라는 부사가 나를 수식해도
 나는 나를 증명해줄 만한 소속이 없네
 창밖을 바라봐도 자꾸 내가 흐릿하게 나타나는 건
 내 안의 암흑이 깊어지는 탓일까
 새벽이 올 때쯤

이웃들은 하나둘씩 일어나 기도를 하고

나는 색색의 크고 작은 알약들을 또 입에 털어 넣
는다

연기가 흘러가는 쪽으로

비밀이 더 많아졌다

해동

그릇에 얼어붙었던 생선들이 조용히 풀리기 시작한다 피가 돌고 눈동자에 물이 차오르는 것이다 영생의 눈동자들을 보면서, 나는 얼음의 그릇이 얼마나 큰 것인가를 생각하고 삼 분 동안 봄이다, 침묵이다, 그러니까 침묵이 풀리고 있는 것이다 풀린다는 말 속에는 긴장이 없다 걱정과 분노의 공기가 없다 네가 나에게 내가 너에게 다 말하지 못한 진실의 먼지들이 투명해진 물처럼 강이 되고 바다로 흘러가버리니까 생선의 아가미처럼 비린 호흡으로 풀리면서 우리는 영원히 닫힌다 얼음 속에는 소음이 있고 냄새가 있고 슬픔이 있다 새싹들처럼 다시 돋아나지 않고 사라지는 미학이 있다 나는 희망도 불행도 없는 얼음의 단정함이 좋다 무거움과 단단함이 좋다 얼음의 차가운 진실이 좋은 것이다 삼 분 동안, 나는 녹지 않는 얼음이다

모자 위에 모자
── M에게

이러다가 무너지겠어
북극의 빙하처럼, 배고픈 얼굴

손이 닿지 않는다

언제부터 거기에 서 있었니? 너의 모자 속에 왜 내
가 들어가 있니?
　선반 위에, 벽 위에, 생각 위에, 층계를 쌓고
　올라가는 사람 한 발씩, 우리에게서
　멀어지는 사람
　무엇이 녹고 있니?

　첫번째 얼굴

　너의 이름에는 안개의 뉘앙스가 있다
　썩어가는 과일의 내부처럼, 끊어낼 수 없이
　자라나는 힘이 있어

얼굴에 얼굴을 비비고
혀를 대보면, 너는 식어가고 있구나
머리칼이 딱딱하게 굳어간다

손이 닿지 않는다

무얼 감추고 있는 거니? 언제까지 거기에 서 있을
거니?
모자를 쓰고
모자 위에 모자를 쓰고 쏟아지는, 햇빛 속에서

저울과 침묵

열한 개의 발가락은 조금 넘칩니다
발가락들 옆에서 발가락이 처음으로
낭비라는 말을 이해했을 때

눈 내리는 숲에서 철컥, 덫이 이빨을 드러낸다
흰토끼의 귀가 길게 기둥처럼 일어서고
눈은 알 수 없는 미소를 짓고
구두 속에 다 들어가지 못한 나의 발가락들은
입이 없어 무서운 밤
올빼미처럼 까만 눈동자를 반짝이는 숲
추위를 아랑곳하지 않고 달려오는
눈, 밥은 끓어 넘치고
푹푹 익어가고

넘친다는 것은, 공중에 떠서 움직이고 있는
나의 바깥과 나의 무게는
발가락과 발가락 사이의 아득함은,
위험한 것입니까?

뜨거운 김이 피어오르며
주걱 위에 있는 밥알이 떨어집니다
침묵
처럼
흰 눈 위에 흰토끼가 흰 발자국을 남기고

내리는 눈은 핏방울을 뚝뚝 흘리며
강철로 변해갑니다
곧 정지할 세계에서
사나운 저울 위에서

오늘 나는 나를 좀더 낭비하겠습니다
열한 개의 발가락으로
흔들리겠습니다

다리가 두 개인 의자

의자는 지칠 줄 모른다 발목으로 바닥을 짚어도 넘어지지 않고, 발목은
긍정적이다 굴러 오는 공을 잡지 못해 의자는
새삼스럽게 꼬리가 갖고 싶다. 꼬리의 힘으로 몸을 움직일 때 상상은
길어지지만 시멘트처럼 뼈들은 금세 굳어간다
앉아 있는 법을 배우고부터 의자는 얌전하다
재촉하는 법이 없다
당신이 오래 앉았다 간 후, 급격히 말수가 줄고
너무 시든다, 비를 맞아도 살아나지 않는 마음이
봄 잔디처럼 번져간다
의자는 모든 의자를 연결하고 싶다, 바닥과 바다와
바위와 바람을
무릎 위에 앉혀두고 놓아주고 싶지 않다, 의지는
무릎과 무릎을 붙이고 하나의 침대가 되어 어두워
진다,
어두워진다를 반복하며 밝아오는 태양, 아침은
지칠 줄 모른다, 잔디가 파랗게 번진다

공이 굴러간 쪽으로, 의자가 걸어간다 아니
방향을 틀어 이쪽으로 온다
보폭을 넓히고
낮이나 밤이나 의자인 것처럼 의자는, 꺾인 관절을
펴지 않는다

호두알 속의 웃음

호두알 속은 장롱처럼 잘 정돈되어 있었다

엉덩이 좀 긁어줘, 팬티 속은 비좁고 우글거렸다
아픈 곳을 건드리는데 자꾸 웃음이 났다

웃음을 꽉 쥐고 놓아주지 않는
손, 무너진 다리처럼
더 이상 나를 건널 수 없게,
될 수 있는 한 오래, 나는 웃음을 이어갔다
잎을 파닥거리며
저녁이 자라나고 있었다

너를 위해 기도할게, 친구의 전화를 끊고 처음으로
화분에 꽃을 심고 물을 주었다
꽃은 잠잠했다
그것이 꽃의 웃음이라고 생각했지만
그것은 아름다운 생각이 아니었다

호두알 속에선 흙냄새가 났다
차곡차곡 때 묻은 옷들이 골목을 이루어
이해할 수 없는 곳으로 가끔씩 사라지기도 했다
골목들로 나는 비좁아졌다

팬티에 손을 넣고 엉덩이를 오래 만져주면
지나치게 내가 열릴 것 같아
오늘 저녁처럼 붉게 물을 쏟아내는 얼굴로
나는 열려 있는 모든 것들에게 뚜껑을 덮어주었다

호두알 속에선
속으로 웃어도 다 들릴 것 같았다

불의 맛

불을 먹는 마술사에게 불은 어떤 맛일까

뜨거운 밥 한 덩이를 삼키고
끝인 줄 알았더니 다시 끝이다
끝을 이어 붙이며 밀고 가는 아침이다

검은 바퀴에 감겨버린 빗속으로
귀머거리의 고요한 귓속으로
달려 들어가는 두 발엔 발자국이 없구나
창문이 없구나, 박수 치며 기립하는 나에겐

설탕과 버터와 파도가 부족하다
살과 웃음과 태양이 부족해 부족하고 부족해서
뜨거운 밥 한 덩이를 더 삼키고

마술사의 입속처럼, 나는 잠시 따뜻해진다
그러나 끝을 뾰족하게 파고드는
발톱들이 자라고

나는 붉고 따뜻한 피의 맛에 대해 생각한다

길고 긴 식도 속으로
돌멩이를 던지고 있는 것은 누구인가
나의 목구멍에 누가 꽃을 꽂고 있는가

최후주의자 B

B는 물구나무 예찬론자
죽은 말로 일기를 쓴다

테이블은 미완성이다 다리가, 없고
누구의 숟가락일까 테이블은, 기억이 없다

의자 밑으로
흑연 냄새가 벌레처럼 기어간다 B는
기어간다는 것을 오래도록 생각할 줄 아는 사람이다
더 이상 나는 나를 앓지 않아도 됩니다
B의 문장은 다음을 잇지 못하고 멈춰 있다
생각난 듯 말의 어조를 바꾸고, 날마다
발이 땅에 닿지 않는 꿈을 꾼다 폭우가 내리고
흙탕물 속에서
익사한 개와
익사한 돼지들이
얼굴을 향해 달려들면
B는 이제 무릎이 닳도록 아침이다, 아침이 와도

십일월이다, 물구나무서기 좋은
바닥이다,
아침은 죽은 말로, 마침내

B는 자신이 깨어 있는지 남자인지
여자인지 궁금하지 않았다 사람들의 웃음을 믿지
않았다
악수를 할 땐 나란히 선 신발을 보고 바닥들을 떠
올렸다
누구의 발자국일까 바닥은, 기억이 없다
물구나무의 세계에서
기어간 것들은 많이 있다, 그러나
기어갈 것들은 더 많이 있다 B는, 물구나무서서
계단을 내려가고 있었다
따뜻한 피가 머리로 모이는 기분이 좋았다

B의 일기는 7,578페이지를 넘어가고 있다
적체된 꿈속에서 기생하는 B, 태어나지 않은 사람

들의 최후를

　개와 돼지의 울음으로 기록하는 비,

　태어나고 싶지 않았지만

　태어나버린 자들의 아침을 마침내, 라고 적는다

2부

회색 눈동자

쓸모로 따진다면 쓸데없겠지만
회색 눈동자로 본다 해도
나뭇잎은 빛나면서 푸를 테고
우리의 머리칼은 검게 흐트러질 거야
믿지 않겠지만
힐끔 쳐다보겠지만
미처 깨닫지 못하는 사이
보라색 눈동자가 당신 옆을 지나간다
주황색 눈동자가 당신 뒤를 따라간다
검지도 희지도 않다는 것을
미덕으로 생각하지만
회색 눈동자로 본 거리는 의뭉스럽고
왠지 우습다
늦은 밤, 빼놓은 눈동자에는
겁먹은 쥐들이 가득하다

선

주차장에는 많은 선들이 그려져 있다
턱도 없고
늪도 아닌, 선은 글자가 아니고
울타리가 아닌데
그것을 아무도 넘지 않는다

선은 곧고, 기도하지 않아도
길다, 선에는 인생이 빠져 있지만
선을 따라 걸으면 난간 위를 걷는 기분이야
선 위에서 우리는 떨고 대결한다
왼쪽과 오른쪽이 되어 줄다리기를 한다
아무도 불평하지 않아서
선은 공평하다

보이지 않는 곳에서 얼었다 녹기를 반복하며
선이 자란다, 한 걸음씩 앞으로 나아가며
돌이킬 수 없게 우리에게
선이 생겼어

적당한 거리로 우리는, 한 걸음씩
뒤로 물러나 있다
주차장은 텅 비어 있고

아이들이 선과 선 사이를 뛰어다닌다
선들이 아이들을 향해 조용히 미소 짓기 시작한다

오늘의 체조

걸어도 걸어도 똑같은 나무가 줄지어 선 곳
위가 바람 빠진 풍선처럼 매달려 외롭다
외로움을 달래기 위해
하루에 세 번 밥과 약을 꼭꼭 챙겨 먹는 습관이 필
요하다
이곳엔 이름 모를 병이 많고
설명할 수 가늠할 수 없는 아픔이 많다
갑자기 잠에 빠져
영원히 깨어나지 못하는 사람들
이곳은 겨울, 아프지 않으려는 사람들에게
오늘의 체조는 혈액순환에 좋은 배 두드리기
팔과 다리를 가장 멀리까지 뻗어보기
심장이 뜨거워졌습니까
팔과 다리가 길어져 당신을 안아주었습니까
그러나 구름처럼 뭉쳤다 흩어지는 사람들
사이로, 곧 눈이 내릴 것이라는 예보
부드럽게 사라지는 눈을 밟으며
나쁜 소식이 무성한 쪽으로

끼니를 거르고 분주한 쪽으로
사람들이 걸어간다, 남쪽에서 온 여행자에게
눈 내리는 거리는 신선하고
밤은 혼자여도 외롭지 않겠지만, 여기는
떠나온 곳이 다른 사람들이 모여 새벽이 되는 곳
밤이 밤으로 계속되는 곳
내일은 숙면을 위한 체조를 준비합니다

빗방울의 꼬리들

빗방울이 진화하고 있는 걸까
둥그니까!
물렁하니까!
공처럼 어디로 튈지 모르지
꼬리를 자르고 달아날지 모르지
보호색을 띠고
나뭇가지나 나뭇잎으로 살아가는지도
빗방울이 떨어진 자리에 남은 자국을 보면
꼬리는 하나가 아니라 여럿인 것 같아
장대비가 내리네
하루 종일 쉬지 않고 떨어지는
꼬리들이 도로 위에서
강물 위에서 파닥거린다
꼬리들이 이들이들하다
뼈가 없기 때문
뼈 없는 꼬리가 주르륵
뺨을 긁으며 떨어질 때
슬픔은 한없이 길어지지만

꼬리는 흔적이 없다

마음이 없다

모래처럼 흩어지는 빗방울,

빗방울이

우리를 향해 떨어진다

개나 고양이처럼 꼬리를 흔들면서

반갑다는 듯이

이제 그만 헤어지자는 듯이

톡, 톡, 두드리면서

우리가 모르는 곳으로 이동하고 있다

사월의 시그널 음악

꾸르륵 꾸르륵
물탱크의 소화력은 놀랍다
우리는 물관을 가진 식물처럼 조용하게
쉴 새 없이 오르내리고
긴 복도를 따라
나의 방과 이웃한 방과 방과 방은
단순한 소화기관으로 변해간다

똑, 똑, 물이 바닥을 두드리네
바닥과 더 아래의 바닥
포개진 그릇들처럼
내밀해지면서
마지막 물방울이 말라가는
사월
사월의 계단으로
우리는 액체처럼 쉽게 이동하고

어떤 모습으로 돌아오는가

흰 이빨을 드러낸 그림자를 끌고
꾸르륵 꾸르륵

단수 기간: 2010. 4. 15. (목) 07:00~20:00
단수 대상: 312동, 313동

두 입술을 꽉 다문 수도꼭지에서
천천히 음악이 흘러나온다

맨홀 뚜껑이 포토존이야

노란 깃발을 따라 이동합니다
모자를 쓰고 사람들을 뚫고
쿠키가 유명한 거리에서 쿠키, 쿠키 주세요
외치고 뛰다가
다 같이 멈추어 맨홀 뚜껑이 포토존이야
하나 둘 셋,
하나 둘 셋,
사진기가 바뀌고
땀을 뻘뻘 흘리면서
반신과 전신 두 장씩 찍고 찍히고, 다음
빨리빨리 가이드는
외치고 하나 둘 셋,
사진 속에는
검고 하얀 바닥들이 파도처럼 일렁이고
검고 하얀 얼굴들이 돌멩이처럼 박혀
찡그리고 눈 감고 입 벌리고
놀라워라
참으로 고요하다

뒤에서 밀려오는 얼굴들이 내 얼굴을 지우고
내 발자국을 지우고 내 인생을 지우고
같은 곳에 서서
포즈를 취하고
이곳에 다녀간다고 크게 웃음을 짓겠지
이것이 여행이겠지
맨홀 뚜껑은 제자리에서 동그랗고 나는 없고
가이드는 또 외칠 거야
맨홀 뚜껑이 포토존이야 하나 둘 셋,
하나 둘 셋,
다음

겨울방학

너의 태양은 몇 시니?

세 시에서 네 시 사이에
지붕은 조금 더 아래로 내려와

침묵에 빠진 틀니를 찾아
엄마는 뒤뚱거리면서 헤매고 있습니다만
곳곳이 빈자리입니다

무너진 잇몸으로 음식을 씹고
한쪽 눈으로 창밖을 내다보았을 때
엄마의 겨울은 오네

엄마는 엄마와 함께
처음으로 비행기를 타고
모든 것에서부터 떠나기 시작하고

당신의 태양은 얼마나 뜨거워졌습니까?

여기는 마지막 눈이 옵니다
지붕 위에 눈이 쌓이고 아무리 쌓여도
가장 따뜻한 겨울입니다

평균수명이 자꾸 길어지는 것은 엄마의 걱정
이륙과 착륙을 해본 뒤로
궁금한 것이 많아졌습니다

계획과 실천이 없는
시간입니다

양들의 사회학

아파트와 아파트 사이에 울타리를 칩시다
우리 정원이 다 망가졌어요
창문처럼 입들이 열렸다 닫혔다
교회 십자가 하나 세워도 좋을 법한 초원 위에서
양들이 풀을 뜯어 먹는다
눈과 눈 사이가 넓구나
얼굴 옆에 깊이를 알 수 없는 두 눈이 귀처럼 달려
양들은 눈이 어둡다
큰 눈은 잘 들을 수 있을 것도 같다
그렇습니까?
전 그냥 결정되면 알려주세요
그대로 따라갈게요
양 한 마리가 갑자기 달려 나간다
그 뒤를 따라 우르르 쫓아가는 것은 양들의 습성
벼랑인 줄 모르고
와르르 떨어져 죽는 줄 모르고
아이들은 이리저리 돌아다니면서
상관없다는 표정

털이 계속 자라니까 신경 쓰여 못 살겠어
일 년에 한 번씩은 온몸의 털을 깎아야죠
그것이 문화인의 자세니까
누가 먼저 할까요?

초원은 고요하다
이마는 순하고
양의 울음소리를 들어본 적이 없다

붉은, 비가

비가 내리는데
사람들이 다 젖어가는데

사회학을 전공한 사람으로서
심리학을 전공한 사람으로서

오늘 비는 해석할 여지가 있는데
여자아이가 알몸으로 떨고 있는데

책상 위에서 책장을 넘기며
밑줄을 긋고 한참을 생각하는데

국문학을 전공한 사람으로서
정치학을 전공한 사람으로서

오늘 비는 볼수록 난해한데
한 사내가 빗속에서 찰박찰박 사라지는데

속절없이 비가 내리네
핏물이 우리의 발밑으로 흘러가는데

더 딱딱한 희망

감자를 심고 꾹꾹 밟는다
밟히면 밟힐수록 싹이 올라오고
하얀 꽃이 피고
다정하게 못 박혀 빠져나올 수가 없다
각자의 구멍 속에서 썩어가거나
독이 오르거나
땅속에서는 많은 감자들이 자라고 있다
무엇이든 꼭 쥐고 놓지 않는 감자 손가락이 잘린
감자 파업 중인 감자 떠도는 감자 침묵하는 감자 감
자들은 똘똘 뭉쳐
형제애로 가득 차오르고 있다
더 크고 딱딱하게 부풀어 오른다
이것을 각오라고 부르자
감자의 각오는 남다르다
땅속에서 따뜻하고 온순한 주먹들이
주렁주렁 열리고 있을 테니까, 그러나
빠져나올 수가 없다 땅속의 평화와 안전은
보장받을 수가 없다

거대한 손아귀가 줄기를 잡아당기는 순간
크고 작은 주먹들이 열없이 쏟아져 나온다
올해도 흉작이다

흰 나무 검은 나무

흰 나무야 검은 나무야
슬픔이 길어졌다 고드름처럼 녹고 있다
목요일 밤에서 금요일 아침까지 흰 나무야
검은 나무야
거울 속에서 눈이 내렸다
목이 길어졌다 손가락과 마음이 자꾸 길어져 결국
나는 헝클어져버렸다, 눈 속에서
흰 나무야 검은 나무야
오래오래 너희들의 부드러운 등을 쓰다듬었다
뼈들이 만져졌다 목요일 밤에서
금요일 아침까지, 너희들은 풀리지 않는
의문이었다 전주곡이 길었다
안으로 뻗어가는 나무야 흰 나무야
뿌리가 없단다 떠다니는 나무야
검은 나무야
거울 밖에서 눈이 내렸다
나는 더욱 확고해졌다 슬픔이 단순해졌다
네 시에서

일곱 시까지, 회회낙락하는

흰 나무처럼

검은 나무처럼

하얀 방

빛이 조금 부족하지만 괜찮다, 이 방
월요일에는 고기 굽는 냄새가 나고 목요일부터는
빈 방
수족관이 없고
물레방아에서 피어오르는 기포들, 작은 호흡이 없
지만
수초들처럼 우리는 천천히 흔들릴 줄 안다
입으로 숨 쉬는 버릇을 고치지 못한다

숟가락으로 수박을 파먹으며 달다, 달다
씨앗을 뱉으며, 검은 것들은 이 방에서 크게 도드
라진다
우리는 흰색을 좋아했다
흰색 속에는 초록색이 있고
초록색 속에는 거울이 많았다
우리는 자주 모여서 소화시키는 연습을 했다

58

자고 일어나면 입천장이 말라 있었다

기침을 하면서 깨어나지만 괜찮다, 춥지도 덥지도
않은
이 방, 삼십 년째 미지근한 것이 믿음직스럽다
고기를 많이 먹어서 우리는 배가 아프고
수박을 좋아하지만 목요일부터는, 빈 방

월요일에는 고기 굽는 냄새가 나고 목요일부터는
강낭콩 싹처럼 모르는 사람이
이 방을 뚫고 나온다

까마귀 기르기

이전에 대해 우리는 말하지 않았다

가로등에 붙은 얼굴을 지나치는 행인으로서
온갖 냄새를 피우고
증오를 배우게 된 짐승으로서

어떻게 부스러지는가
어떻게 기척 없이 부스러지는가

혀를 가라앉히고
어두울 때만 거리를 나오는 그림자로서

더 이상 말하지 않았다

말하지 않을 권리의 소유자로서
바짝 말라가는 개의 고독한 눈빛으로서

무덤 쪽으로 걸어갔다

머리 위에서
까마귀가 울었다

악취는 이후를 향해 흘러갔다

두루마리 두루, 마리,

오고 감이 있다
그러나 헤어짐은 있으되
재회는 흔치 않다
—프란츠 카프카

안개가 사납게 번지고 있었다

나는 계속해서 움직이는 글자이며
어두운 아이
한 칸씩 뜯어지며

언 땅이 녹고 있었다

잘못을 되풀이하며 녹지 않는 얼굴을
옷장 깊숙이 넣어두고

좁고 긴 복도를 걷고 있었다

그림 속 과일이 색을 잃고
복도는 계속해서 야위어가며
깊어진 주머니

나의 더러운 손을 닦아주며
우는 손, 한 칸씩
두 칸씩

고독이 머물다 떠나고 있었다

주머니 속에 버려지며 나는
어두워진 아이
단추와 단추가 다음 단추로 건너뛰며

안개가 사라진, 후

검은 개 한 마리가
뒤를 돌아보며 사납게 으르렁거리고 있었다

3부

모딜리아니의 화첩

목이 계속 자란다면
액자의 바깥을 볼 수 있겠지

눈동자가 없어도
밤을 아름답다고 말할 수 있어

웃는 입이 없어
조용해진 세계에서

얼굴과 얼굴과 얼굴의 간격

목이 계속 자란다면
무너질 수 있겠지

붉은 흙더미처럼 나의 얼굴이
긴 목 위에서 빗물에 쓸려 나가네
꼿꼿하게 앉아서
갸우뚱하게

창밖의 질주

세상의 모든 것을 담을 수는 없다

그러나 창문들이 담고 있는 것, 전속력으로 달리는
심장의 운율 같은 것

울퉁불퉁한 나의 창문에
나뭇잎들이 생겼다 적의가 생겼다
너라는 단어 앞에서 자꾸 벨을 누르고

나는 아무도 내리지 않는 정거장이다. 문이 열릴
때마다 입술과 그림자가 흙먼지 속에서 사라지고

왜 이렇게 나에겐 창문들이 많은가
봄은 갔고, 바다처럼 색이 변하면서 너는 등을 돌
렸다
어제와 오늘이 경적을 울리면서
옆을 지나가고, 창밖에는
지금 눈이 내린다 펑펑, 모든 것에

눈이 내린다, 그러나

세상의 모든 것을 지울 수는 없다

나뭇잎 진 자리에 나뭇잎이 돋아나듯
캄캄한 나의 창문에 너와 함께 보낸 밤이 흰 뼈를
드러내며 빛난다
너의 심장이 멈출 때까지
나의 심장이 멈출 때까지

어떤 질주는 무수하게 멀어지지만 결국 제자리라
는 것

너는 하나의 사과

태엽을 감아도 어느 순간 멈춰버리는
생각, 숨을 쉬고 싶다 그러나 거품이 나온다*
너의 이야기를 듣고 싶은데
껍질이 나온다

하나의 사과를 완성했구나
냄새들을 동그랗게 모아 쥐고
너는 출구를 찾지 않아도 된다

매달려 있는 것은 머리가 아니다
불행과 고독이 아니야, 영문도 모른 채
매달려 있는 것은 살찌고
작은 두 귀

껍질 속에서
풍부해지고 붉어진 너의
혀를 깨물고 싶다

삼 년이 지나고
밤새 눈이 내려 쌓여도
심장과 머리카락이 뒤엉켜버린 이야기를 듣고 싶다
그러나
껍질이 나온다
숨을 쉬고 싶은데 거품이 나온다

매달려 있다는 것이 나는 자신이 없다
껍질이 없는데, 밖엔 길게
눈이 내린다

* 세사르 바예호, 「높이와 강도」.

이불에서 뼈가 만져지던 날

이불에서 뼈가 만져지던 날이었어 흰가오리지느러
미처럼 나는 두 팔을 펄럭이며 헤엄치고 있었지 펼쳐
진 것들은 금세 딱딱해져 죽인 엄마를 이불에 싸서
먼 곳에 버리고 온 아들은 이불 속에서 달아오른 얼
굴이 천천히 식었을 텐데 이불 속에서 나는 점점 열
이 올랐어

얼굴만 내밀고 있었어 이불을 온몸에 감고 외출하
고 싶을 만큼 추운 날이었어 두 팔을 바지 속에 넣고
더 따뜻해지고 싶었어 코가 얼고 입이 얼고 이제 무
엇이 얼까 눈동자는 쉽게 얼지 않았어 얼굴만 동동
거리면서 거리는 벌써 영원히 얼어버렸어

펼쳐놓으면 펼쳐진 대로
구겨놓으면 구겨진 대로

멈춰 있는 힘이 있어서 이불은 잊지 않는다 너와의
바닥에, 아버지가 마지막 숨을 들이쉬던 저녁에, 옷

을 다 벗고 울던 그 방에, 멈춰 있어서

　토막토막 잘린 뼈와 무너진 얼굴을 이불에 싸서 쓰
레기봉투에 버리고 나는 달아올랐지 두 팔을 펄럭이
며 도망가고 있었지 아름다운 코가 없어서 이불은 호
들갑스럽지 않다 이불 밖으로 나온 발은 누구의 것이
지? 이불에서 노래가 새어 나오던 날이었어

혼잣말의 계절

푸르스름한 혀를 내밀고 너무 많은 말을 했어 너에
게 나에게 우리에게 그러나 어떤 말을 해도 벌어지
고야 마는 꽃잎들, 하나씩 사라지려고 하는 밤의 질
문들,

바깥에서 피고 지는 것들이 나를 향해 돌진한다는
생각으로, 나는 피어나고 있다 빨간 의자가 척추를
세우고 악―악―대는 건 내가 붉지 않은 탓, 붉게 피
어났다면 나는 좀더 붉었을까? 붉게 피어났다면, 피
어났다면, 이런 생각들이 하나둘 이파리처럼 떨어지
고 있다 피어났으므로 지고 있다

이것이 이별이겠지 그렇다면 나는 이별을 하기 위
해 태어난 사람 매 순간 절벽 아래로 뛰어내리는 사
람 부러진 나의 기억에 붕대를 감고 앉아 오랫동안
걷지 못하는 사람 어쩌다 나는 네 옆에서 입을 벌리
고 있는 거니? 내가 여기에 온 이유를 묻자, 혀가 납
처럼 굳어버린다

여름은 어지러운 것

낭떠러지를 기어오르는 일처럼 하염없는 것

너에게 나에게 또 다시 피어나고 있는 것 그러니

펼쳐진 시간을 다 오므리고 떨어지는 저 꽃잎들처럼

이제는 입을 다물 것

생각하는 입

송곳니와 어금니 사이
구멍

웃음 속에서만 보이는 구멍은
이상하게도 쓸쓸하고
횡설수설하는 이야기를 쏟아낸다

그의 목소리는 구멍에서부터 터져 나오고
그의 웃음은
그의 눈물은
그의 광기는

나는 혀로 더듬어보고
구멍의 따뜻함에 놀란다

붉고 부드러운 흙을 퍼낸 것 같은
아직은 뜨거운 핏물이 고여 있을 것 같은
누워 생각하기에 좋을 것 같은

그의 구멍에는
나를 부르는 메아리가 가득 차 있다

쉽게 웃을 수 없고
먹을 수 없는

그는 홀로 생각하는 입을 가지고 있다

낙인

네가 나의 꼬리를 잘랐어 울음에 사로잡혀 깨어나
기 직전에
나는 모서리를 잃었다

그것은 자기 말의 억양을 잃는 것
하나의 눈동자로 생각하고
두 개의 혀로 노래하는 나에게
숱한 골목이 얽혀 있다는 것

골목을 가진 자에겐 지울 수 없는 냄새가 있다
손목에 그어진 흉터처럼 죽음을 재촉하는
악취가 있다
검은 전선을 타고
이 집 저 집을 기웃거리는 꼬리들
어떤 사람은 귀를 버리고
어떤 사람은 손가락을 자르고
진실해지려 한다

그러나 진실해지면서 굳어가는 벽 앞에서
꿈은 꿈으로 사라져가고
모두 무덤이 된다
좁은 나의 골목에는 모르겠다,
모르겠다, 기분 없이 찍힌 발자국들
나를 빠져나가고
침묵의 모서리를 향해
푸른 도끼날을 휘두를 때

비명 속에서 나의 가장 먼 곳까지 자란 꼬리가 탁,

눈 뜰 때마다 뜨거운 피가 몸을 휘돈다
입속에서 잘린 꼬리가 꿈틀거린다

오징어다리처럼

종이를 가늘게 찢었을 때
결국 망가졌다는 걸 알았을 때
너덜거리는 다리
야구공만 한 눈
눈알을 어디로 던지고 있니?
다리야, 다리야, 어디로 가고 있니?
빠르게 먹구름이 머리 위로 흘러갈 때

나는 얼굴이 무거워집니다
코도 자라지 않고 비에 젖지도 않았어요
그런데 웅덩이 속에 담겨 있는 얼굴이 꿍음을 냅
니다
매일 얼굴이 태어난다는 것이
일어서도 누워서도 얼굴이라는 것이
시끄러워, 웅덩이를 발로 밟아버렸어요
고인 물에서 얼굴이 흐려졌을 때

눈알이 빠져서 망가져버렸어

나의 아름다운 푸른색
다리가 열 개여도 스무 개여도
푸른색이 더 이상 솟아오르지 않았어
너의 눈
너의 얼굴

찢어진, 종이를 씹는다
짜지도 맵지도 않고 질긴 이것이 인연인지
악연인지 추억인지 고통인지
도저히 알 수 없었을 때
너덜거리는
다리, 다리야 어디로 갔니?
눈알은 어디로 던져졌니?

벽

꽝꽝 언 고깃덩어리처럼 차가운 손 입김을 불어 넣
어도 녹지 않는 입술 천둥 번개가 내리쳐도 지평선처
럼 나는 침착하다 밑으로만 가라앉는 것

너는 색에 대해 골몰하고 있다 며칠째 나에게 매달
려 있다 나의 손과 입술을 덧칠하고, 나에게 박혀 있
던 못들을 모두 빼버리고, 나는 수줍다 나에게서 굳
어버린 것들이 부서져 내린다

이제부터 나는 방이 아니다 집이 아니다 너의 하늘
이 아니고 바닥이 아니다 이렇게 콧김을 내뿜으며 말
해도 못 박혔던 자리는 메워지지 않는다 그곳에선 알
수 없는 바람이 새어 나온다 밤마다 듣는 바람 소리
에서 쇳가루가 날린다

그러나 아무렇지 않다는 듯이 머물러 있는 것이 나
의 운명 나의 기둥 나의 방명록에 이름을 쓰고 너는
내 안으로 들어오려 한다

살아 있는 것처럼
나는 네게 혀를 내민다

기술적인 문제

곧 끝날 거야 그러나 눈을 뜰 때마다 착하고 진실
하고 교양적인 아침이 말을 걸어 오네 조용하게 말한
다는 것을 생각해 대립도 애정도 아닌 아침 다정한
거야 모호한 거야 물을 주어도 죽어가는 화분의 뿌리
들처럼

아침을 질문하자 저녁이 온다 질문 질문의 질문 질
문 속에서 최후를 맞이하는 것 이것이 나의 근황 나
의 대답 이야기가 없이 빙빙 도는 질문 질문과 질문
질문 속에서 휴식을 취할 것

이것이야말로 대화입니다 우리의 대화는 기도처럼
순정하지요 들리세요? 당신이 당신에게 이불을 덮어
주면서 대화가 부족하군요 저녁 먹고 계속합시다

손에 손을 잡고 링가링가하면서 나는 제자리다 곧
끝날 거야 두번째가 세번째를 위해 건배! 건배! 유리
잔이 투명하게 열을 올린다 나는 한 살이었고 두 살

이었고 아침은 높이 계단을 쌓고

　　당신은 상상할 거야 바퀴가 달린 가방이 될 거야
나의 가방은 어디로 갔을까? 나는 열쇠를 잃어버리고
열리지 않는다 형광등이 깜박거리고 있다

하루가 출렁출렁

딱딱한 머리가 왜 이렇게 출렁거릴까
몸이 소금에 오래 절여졌나 봐, 온갖 냄새와 기분이
한덩어리로 뭉쳐 오늘 공기는
글자들을 자꾸 잊게 한다
이것을 여행이라고 부르자

반가운 마음으로 내가 분류한 세계, 그 인적 없는
전화번호부에서
너를 지우고 나를 지우고
너를 만나기 전으로 살림살이들을 옮겨놓고
창문을 모두 열었다

거울 속의 얼굴이 점점 쓸모없어지네
호출기를 누르고
문턱이 닳도록 나는 고해하고 싶다
고해할 것도 없는데, 괄호처럼 묶여
죽음과 구별되고 싶다, 링거를 맞는 동안

나의 하루는 만조에 이르렀다
너를 잃어버리고
나를 잃어버리고

바깥으로 흘러넘치려고 한다

음악이란 무엇입니까

거북이의 등을 보세요
껍데기마다 여기저기 저녁, 저녁,
저녁이, 느린 걸음으로 태어나고 있어요
태양이 움직여가듯이
당신이 노래를 부릅니다
파도에 몸을 맡기고 헤엄치는 거북이처럼
황홀에 빠져 있는 것

나는 눈물에 몰두하고 있지만
당신의 입술은 나팔꽃 모양으로 피고 있어요
다정하게 누워 있는 무덤처럼
천천히 저녁이 차오릅니다
물밑은 먹먹하고
거북이의 세계는 믿을 만하지만
물밑을 들춰볼 수는 없어요

절름발이의 걸음으로 두번째 아침,
세번째의 밤이 어긋나고

우리는 한 마디 더 나아갔습니다, 하루하루
길어지는 저녁의 이마를 짚어보고
거의 들을 수 없지만
귀는 아름답지만

당신은 들어본 적 없는 음률에 취해
온순해져갑니다
빈방이 되어갑니다
그 안에서 더 크게 부르는 노래,
당신은 뜨거운 숨을 몰아쉬고 있어요
나에겐 악기가 없지만

거북이의 등을 보세요
껍데기마다 여기저기 물결, 물결,
물결이, 일렁이고 있어요 당신의 노래 속에서
나의 심장이,

하늘의 간격

바람 소리가 납니다 나의 입술들이 죽었는지 살았
는지 알리는 걸까요 나는 종일 하늘을 생각합니다

죽은 자를 보내기 위해 부르는 노래 속에서 어떤
사람은 죽음으로 조금 더 분명해졌고 빗물처럼 투명
해졌지만 하늘을 생각하는 나에게 하늘은 어떤 색으
로도 물들지 않고 하늘을 생각하기에 하늘은 하늘로
넓어지고

바람 속에서 나는 흔들림입니다 입술들이 하나둘
떨어지고 나뒹굴고 먹지 않아도 눕지 않아도 오늘은
흔들림입니다 흔들리면서 누군가의 어깨에 부딪치면
서 당신인지 아닌지 나인지 아닌지

하늘에 사로잡혀 걷는 동안 발목부터 나의 목까지
젖어가는 동안 죽었는지 살았는지 생각하지 않아도
나는 기쁠 수 있어요 슬플 수 있어요 하늘 한복판입
니다 나의 한복판입니다

태양처럼 앞에 떠오르는 것
부드럽게 나의 입술과 당신의 입술이 만나는 곳

　죽음이 내 옆을 지나갑니다 나무 그늘 아래서 작은
연못가에서 당신을 만나고 나를 만나고 나는 벌써 바
람입니다

개미들의 통곡

수천
수만의
저 소리들 모양들
집이 되기도 하고
길이 되기도 하는

발자국
발자국
발자국

뒤꿈치를 들고 걸어도
모든 것이 무너지는 세계

이것을 망각이라고 합시다

파도 소리를 들었어요
집을 짓고 싶은데
기둥을 세우고

지붕을 만들고 싶은데

오늘이 흘러내립니다
구름이 흘러내립니다

걸을 때마다 아물지 않는 이곳엔
집들이 무성하게 무너져 있어요
파도 소리가 들려요

낮게 기어가며 부딪는 소리에 따라
여럿인 발이 빠르게
달려가네

구겨진 종이처럼
뼈가 없는
공명하기 좋은

발자국

발자국
발자국

태어나고 죽고
다시 태어나 죽을 때까지

이것을 기다림이라고 할까요?

알약들처럼
한 움큼을 잡아
입에 털어 넣고
잠시 잠깐
나는 고요해집니다
스르르륵
내 안에서 녹고 있는 것

방향이 없이

당신이 흘러갑니다
내가 흘러갑니다

발자국들이 중얼거리며
길이 되고
숲이 되어
빛날 때
도처에서 바람이 삐죽하게 자란다

무너지고 무너지면서
일생이 되는
세계가 움직이기 시작한다

코끝의 감정

가만히 보면 잘 익은 빵처럼 부풀고 따뜻한데
바람이 불어나온다
노래가 흘러나온다

철학도 종교도 없이 흔들리지 않고
실패한 혁명처럼 떠올라

캄캄한 터널이야
비도 눈도 없는 기후인 거야

폐가였다
거짓말이었다

거기에, 뿌리 없이
솟아올라

추방당한 것처럼
기도하는 손처럼

가만히 보면 활화산처럼 뜨거운 불기둥이 쏟아져
나올 것 같은데
눈물이 흘러나온다
웃음이 터져나온다

4부

깨어나지 않는 사람에게

열쇠를 바꿔가며 열어봐도
열리는 것이 없다는 걸 알았을 때

처음으로 고백이라는 것을 했다

아무리 색칠을 해도 어두워지는 하늘에
마음이 없는 나의 마음에,
자물쇠를 걸고
나는 한쪽 폐가 망가져버렸다

누가 잠가놓았을까
작은 단추들이 얼굴까지 채울 것 같은 불안과 함께

깨어나야 할 시간이 지났어도
깨어나지 않는 사람처럼

귀환

나의 공기는 무수하고 아름다워
나의 공기는 파랗고
바람이 불어도 흔들리지 않는 금속 같다
시작과 끝을 알 수 없지만
내가 살아 있기 전부터 떠돌고 있는
태어났으나 죽어 있고
상상력이 없지만 결코 죽지 않는
신비롭고 끈끈한
공기
공기의 피
전령처럼 나의 죽음을 알리기 위해 달려오는
뒷굽이 다 닳은
시간
그래 그래
고개를 끄덕이는
어떤 색으로도 물들 수 있고
하얀 셔츠에 달라붙어 새까만, 나의 공기는
닿자마자 녹아버리는 눈송이

가볍지만 가벼워서 믿을 수 없다
혼자 늦은 점심을 먹고
오래된 의자 옆에서 산책을 즐기는
개의 시간, 모두가 장님이 되어가는 시간
손뼉을 칠 때마다
번쩍번쩍하는
공기
공기의 빛
무수하고 아름다운

발설

조개처럼 두 개의 껍데기가 있다면
스스로 나의 관 뚜껑을 닫을 수 있겠지
닫히는 순간 열리는 어둠 속에서
나는 가장 사적이고 사색적인 공기를 들이마시고
모래나 바다 속으로 숨어버릴 거야
입술이 딱딱해질 거야
오늘은 무얼 먹을까?
어떤 옷을 입지? 이런 걱정들로 분주한
나의 인생을 어리고 부드러운 속살로 애무해줘야지
내 몸 어딘가에 있는 폐각근(閉殼筋)을 당겨
살아 있는 동안
죽어 있는 것처럼
한번 닫히면 절대 열리지 않을 테다
미간을 찌푸리고
다섯 개나 열두 개의 주름을 만들어
감추고 싶은 말들을 꽉 물고 놓아주지 않을 테다
두 손을 모아 기도할 거야
하나의 사원처럼

돌멩이처럼

조개는 고요하고 엄숙해

죽고 난 뒤에 입을 벌리는

조개껍데기 속에는

누구에게도 하지 못한 말들이

켜켜이 쌓여 있다

가장 달콤한 소리

느슨해진 가죽, 구멍으로 공기가 다 빠져나가버렸어
김빠진 콜라처럼 검은색으로만
나를 이해한다
두 귀만 남은 얼굴로 복잡해지는
나를 변명해

나를 불러 뒤돌아보면 내가 아니다
내가 아닌 얼굴이 달려가고
나를 지나쳐 앞장서고
순간 나는 공터다

가장 깊이 공기를 들이마시면
따뜻해지는 두 발
발가락들이 부풀어 올라
바닥으로부터 날아갈 수 있을 것 같다

형형색색으로 사라지는
그러나 모두 증발하지 못하고

뼈로 남는
봄

진공의 가죽으로 남아 나는
기다린다
바닥에 얼굴을 구겨놓고
이름을 불러줄 때까지
더 이상 나를 볼 수 없을 때까지

공터의 바깥부터 올이 풀리기 시작한다

머리와 다리 사이

기분에 따라 나는 얼굴색이 변하고
삶기는 문어는 붉고
화가 난 것이 틀림없어
모든 다리가 바깥으로 뻗어나간다
사화산의 화산구처럼
빨판은 아무것도 끌어당기지 않고

걸으면서 나는 생각을 하고
너그러워진다
뼈 없이 걷는다면
무엇이든 용서할 수 있을 것 같아
삐걱거리지 않고 늙을 수 있어

이런 생각을 하고 걸으면서
나를 모르는 나의 다리들이
바깥쪽으로 쉴 새 없이
뻗어나간다

내가 생각하는 비극의 장면에는

어딘가로

누군가에게로

걸어가는

사람

걷다가 걷다가 희미해져 잘 잡히지 않는 뒷모습이
있다

검은 재로 쓴 첫 줄

나는 입구였다, 줄지어 내게로 달려 들어온 것들이
뒤엉킨 자리에서 봉투처럼 밀봉되어
내 안에 무엇이 들어 있는지 몰랐다

낯선 손과 악수하며 네번째 온 사람, 여섯번째의
노인이나
아흔두번째의 양으로
다시 나를 반죽해놓고
백지 위에서
뛰어내리고 있었다,

안개 속으로,
짐승의 소리를 듣고 술렁이는
숲 속으로, 너의 그림자 속으로,
이 모든 것을 집어넣을 수 있는
불 속으로,

아침을 사전에서 지우고 호주머니가 깊어졌네

내 앞에 놓인 백지가 넓어지고, 비틀거리면서
밤이 왔네
좁고 어두운 창문은 나의 몇번째 밤인지
모든 계절이 추웠네

나를 향해 돌진하는 눈빛으로
찢어진 페이지,
두 발을 잃고 넘어지는 고독한 나의 페이지,

언제까지나 나는 입구였다, 백지 위에서
숲이 검게 우거지고 있었다

숫자를 배우고부터

숫자를 배우고부터 모든 것이 명확했다
열 개의 손가락이 생겼고
너를 가리켰고 지울 수 없는 역사가 바위처럼
우리의 무릎 앞에 굴러 와 박혔다

역사를 배우고부터 고아가 되거나
혼혈아로 태어나는 인생을 쓸쓸한 마음으로 읽었다
단락을 나누듯어 우리의 인생이
갈라지는 것이 신기했다
도시가 점점 커졌다

문법을 배웠지만 너를 알고부터
비문의 세계가 열렸다
지구의를 돌려 어디라도 갈 수 있었다
더 밝아진 밤, 사물들은
잔상이 오래 남았다

내가 태어나고부터

의심이 싹텄다 상상력으로 나는 빈곤해졌다
중요한 일과 중요하지 않은 일을 구분했지만
꽃은 꽃으로 돌아왔다
모든 것을 돌이킬 수 없었다

매달린 손

나의 왼손은 매달려 흔들리고 있다
주먹을 쥐었으나 무엇을 쥐고 있는지
비어 있는 주먹 속에는
가벼움이란 외설이 웅크려 있는지
당신에게 흔든 나의 왼손은 결국
바닥의 기호였을 뿐
수없이 금이 간 바닥을 숨기기 위해
주먹은 태어나는 순간부터
꽉 쥐여 있다
여리고 부드러운 살갗으로
그러나 지금 나는 아무것도 붙잡지 않고
고요한 바닥을 펼쳐놓고 본다
미세하거나 굵게 얽힌 이 금들은 불안에 떨고
나의 죽음을 예언하고 격분하지 않고
점점 분명해지고 있다
뒤집힐 수 있는 가능성과 부정할 수 있는 힘에 대해
나의 왼손은 잘 알고 있다
그것을 기록하고 지우고

다시 쓰다가 서글퍼하면서 메마른다는 것을
나의 오른손도 잘 알고 있다
여름은 이미 먼지에 싸여 있다
나와 같이 매달린 주먹들이 마술처럼 사라지고
나의 왼손은 부서지기 직전이다
떨어지기 직전이다
뒤집히면서 나를 부정하면서

많다

　나무는 많다 나뭇잎은 더 많다 바람과 돌멩이 자동
차도 예외는 아니다 당신은 몇 번의 연애를 했는가
남자는 많다 여자도 많다 밤이 되어서야 빛나는 창문
들 그러나 아직 어두운 창문이 많다 마음이 많다 당
신은 절벽 위에 몇 번 서 보았는가 오늘은 밥이 많다
쓰레기가 많다 바닥에서 올라오는 소음과 소문들 입
이 참 많다 눈은 그것보다 더 많다 왜 이렇게 많은가
엄마는 왜 이렇게 많은 자식을 낳았는가 싸움이 많다
사과가 많다 많아서 쏟아진다 옷과 책이 쏟아진다 시
는 더욱 쏟아진다 당신은 몇 편의 시를 읽었는가 시
에는 꽃이 정말 많다 구름과 비와 물고기가 셀 수 없
이 많다 나도 예외는 아니다 원망이 많다 그러나 오
늘은 쉼표가 많다 많고 많아서 계속 걸린다 주절주절
오늘은 참 말이 많다

나도 모르게

쏟아진다
잘 안 오던 잠이 자꾸만 쏟아져
바닥에 책상에
의자에 나는 엎질러져
나를 모르는 곳으로
내가 모르는 그곳으로
가다가 가지 말아야지 하다가
나도 모르게 터진 포대 자루의 쌀알처럼 슬슬
빠져나가 어디서부턴지 언제부턴지 모르게
꽃잎이 날리고
잎이 푸르러져
봄밤인가 싶으면 여름밤이 내 앞을 서성거리고
시를 써야 하는데
써야 하는데
세월 참 빠르다
어제 만난 사람들끼리 늦도록 얘기하다
막대사탕 같은 머리를 떨구고
단잠에 빠진 사람에게

잘 가라, 깨우며 인사를 하고
가자, 가자, 새벽 네 시가 다 되어
일어설 때 쓸쓸해지자마자
쏟아지는 빗방울
빗방울
소리가 다정하게
잠을 불러와 일어나야 하는데
일어나서 나가야 하는데
한번 쏟아진 것은 쉼이 없다
시고 뭐고
나는 불행하다가
행복하다
이렇게 보내는 요즘 내 사정을
시시해하는 엄마에게
괜찮아 괜찮아
말하다가 알았다
처음으로 나를 서러워했다
밤이 되었다가

아침이 되듯이
사나운 꿈이었다는 듯이
이번의 내가 나도 모르게 지나가겠지
참 빠르게 사라지겠지
쏟아지는 것들을 이기지 못하고
나를 이기지 못하고

물속에서 눈을 뜨는 사람에게

음악과 같아
날씨가 없고 행인이 없고
흠뻑 젖어서

물속에서 눈을 뜨는 것이
물속에서 숨을 참는 것이

아침인가 저녁인가
침대도 식탁과 그릇도 없는 이곳은
수요일인가 일요일인가

피냄새를 맡고 몰려드는 상어와
상어보다 느린 발과 작은 열대어와

몸이 느려진다는 것이
귀가 사라진다는 것이

두 번 사는 것이라고 생각했다

두번째는 더 잘할 줄 알았는데
절정의 순간에
발이 닿지 않는 그 순간에
나는 그만 물 위로 얼굴을 내밀고야 말았다
또다시 항복하고야 말았다

끈

내가 왜 여기에 와 있는지 모르겠다

죄명을 몸에 새긴 죄수처럼

어둠이 나를 끌고 갈 때, 조용히 수염이 자라고

나는 다른 족속으로 병들어

사과를 한 입 베어 물겠지

사과를 원망하겠지, 무성해지면서

너와 엉키고

엉키면서 앞으로 나아가는, 우리가

옆구리에 대한 이야기를 시작할 때,

온몸이 다리인 동물이 되어 국경을 넘는 것이겠지

밤은 너무 자주 오고 너무 빨리 떠난다

잠시 멈추어서

우리 이야기 좀 해, 내 말을 듣고 있는

귀가 텅 빌까 봐 두렵다

내가 왜 여기에 구덩이를 파고 있는지 모르겠다

어느 쪽으로도 도망치지 않고

구덩이를 들여다보고 있는지

나를 빤히 쳐다보는 구덩이가 더욱 깊어져

나는 돌멩이를 던지고
돌멩이와 함께 나를 던지겠지
옆구리가 아파서 이제 내 이야기는 끝이 난다
뒤엉켜서 냄새가 난다
누군가의 발소리가 불 꺼진 창문을 타고 넘어와
머리를 짓밟고 간다
오늘 밤 나는 어디에 있을까, 나를 끌고 가는
불행이 사라질까 봐 두렵다

사시(斜視)

이제 젖어서 나는 불이 잘 붙지 않고
무거워서 잘 떠내려가지도 않는다
머리를 베개에 파묻고
오랫동안 있어보면 안다
어떻게 끝이 날까? 이불 속에서 낄낄대면서
내 발이 얼마나 작아졌는지
얼마나 똑똑하고 어리석은지
개구리처럼 펄쩍 뛸 일들 앞에서
개구리처럼 웅크려 있어보면 안다
시위와 폭동으로 들끓는 거리에서
똑바로 걸어도 나는 비뚤어진다
한쪽 눈이 자꾸 다른 쪽을 본다
안경을 벗고
나를 보면 안다
거울 속에서 귀가 눈을,
코가 입술을,
비웃기 시작한다, 거울 속에서
마음은 늘 조용하다

감각사회학으로 그린 모딜리아니의 초상

함 돈 균

계속 길어지는 목과 캄캄한 터널

하나의 이미지가 하나의 문장이 될 수 있을까. 하나의
그림이 한 권의 시집이 될 수 있을까. 우리는 그림과 말이
일대일로 조응하는 유명한 철학적 기획의 한 사례를 알고
있다. 정교한 논리적 인공언어 체계가 세계를 그림처럼 정
확히 묘사하는 비트겐슈타인의 언어적 기획 말이다. 나중
에 철학자 스스로 오류를 인정했다 하더라도, 이런 종류의
철학적 실패담은 그 기획의 대담성으로 우리를 놀라게 한
다. 또한 실패담 자체로 하나의 가능성이 된다. 그것은 관
념으로 세운 바벨탑이다. 사람들은 바벨탑의 에피소드에
서 세상의 언어가 신의 노여움을 사 혼돈의 바닷속으로 빠
져버렸다는 사실에 초점을 맞추곤 한다. 하지만 여기에서

실패는 부차적인 것이다. 중요한 것은 땅과 하늘의 거리를 좁힐 수도 있는 무모한 말의 기획이 가능하다는 발견 그 자체에 있다.

시라면 어떨까. 그것은 사변적 언어가 아니라 이미지—언어를 통해 무모한 기획에 동참한다. 설명하기 전에 '보여준다'는 점에서 언어는 그 자체로 그림이다. 엄격한 의미에서 시적 언어는 '드러난다'. 이미지—언어는 무엇을 드러내는가. 이미지—언어는 무엇을 '보는가'. 김지녀의 시집 『양들의 사회학』은 사변적 언어가 설령 바벨탑을 쌓는 데 성공했다 하더라도, 그리하여 하늘로 올라가서 지상을 내려다보는 시선의 특권을 지녔다 하더라도, 이런 것들은 볼 수 없었으리라는 야심으로 가득하다. 그러나 이 야심은 무겁기보다는 어떤 공상적 유쾌함, 가벼운 우수, 사물에 꽂힌 아이의 반짝이는 감성과 호기심 어린 직관들로 채워져 있다. 이 시적 시선은 전능한 시선도 획득하지 못하는 시선의 사각, 시집의 표현에 따르면 '사시(斜視)'가 어디에서 연유하는지를 포착한다. 흥미롭게도 그것은 우리 자신의 신체다. 이 시집의 이미지—언어는 어떤 '초상화', 궁극적으로는 세계의 '자화상'이 될 신체의 부분들을 포착하는 데에 각별한 관심을 갖는다. 그것은 냉철하고 정교한 '객관적' 시선이 움켜쥘 수 없는 우리 자신의 그림자고, 세계의 배후이며, 시간의 기미다.

목이 계속 자란다면
액자의 바깥을 볼 수 있겠지

눈동자가 없어도
밤을 아름답다고 말할 수 있어

웃는 입이 없어
조용해진 세계에서

얼굴과 얼굴과 얼굴의 간격

목이 계속 자란다면
무너질 수 있겠지

붉은 흙더미처럼 나의 얼굴이
긴 목 위에서 빗물에 쓸려 나가네
꼿꼿하게 앉아서
갸우뚱하게

——「모딜리아니의 화첩」 전문

　목이 계속 자라는 얼굴을 주인공으로 한 이 화첩은 시인
에 의해 화가 모딜리아니의 것이라고 명명된다. 하지만
"꼿꼿하게 앉아" 있으나 "갸우뚱하게" 기운 이 얼굴은 "나

의 얼굴"이다. 모딜리아니가 그린 한 초상화는 화자의 자화상이기도 한 것이다. 왜 이 초상의 얼굴은 "갸우뚱"한가. "목이 계속 자"라기 때문이다. 이것은 초상의 표정인 동시에 자화상의 태도이기도 하다. "목이 계속 자란다면" "액자의 바깥을 볼 수 있"으리라. 계속 자라는 목의 욕망은 "액자의 바깥"을 보려는 욕망이다. 액자라는 프레임에서 보면, 그것은 액자의 바깥으로 사라지는 얼굴이다. "얼굴과 얼굴과 얼굴의 간격"은 이런 점에서 이중적 의미를 띤다. 자라는 목의 관점에서 얼굴의 간격은 이전 위치를 기준으로 계속 바뀐다. 동시에 "얼굴과 얼굴과 얼굴의 간격"은 액자 세계의 여러 (타인의) 얼굴들 사이에서 점점 더 벌어진다(멀어진다). 어쨌든 '바깥'을 향하는 일은 얼굴(들)의 동일성으로부터 간격을 두어야만 가능하다. 그러나 이것은 위태로운 일이기도 하다. "목이 계속 자란다면/무너질 수 있겠지"라는 독백은 이 간극이 액자 프레임 바깥으로 '나아가고' '사라지는' 일과 관련되며, 액자 세계 '안'에서 "긴 목 위에서 빗물에 쓸려 나가"는 일일 수 있다는 얼굴의 위기감을 반영한다. 늘 바깥을 향하는 이 시선은 액자의 '안'에 대해서는 "갸우뚱"하다. 아마 액자 속 타인의 얼굴들도 이 긴 목의 얼굴에 대해 갸우뚱하리라.

하지만 아이의 호기심도 예술가의 욕망도 철학자의 탐구심도 모두 이 "갸우뚱"한 목과 얼굴에나 내포된 가능성이다. 모딜리아니의 초상이 발산하는 매혹은 어디에서 비

128

롯되는가. 액자 속의 얼굴이 "눈동자가 없어도/ 밤을 아름답다고 말할 수 있"는 능력을 '드러내기' 때문이다. 왜 눈동자가 없는가. 이 얼굴들의 시선이 상투적인 '안'이 아니라 이미 액자의 '바깥'을 보고 있기 때문이다. '바깥'이나 '밤'이나 액자 내부의 안전지대, 기지(旣知)의 세계는 아니다. 그곳은 "쓸려 나가"는 "붉은 흙더미"처럼 위태로운 얼굴이 감지할 수 있는 영역이 아닌가. 그러므로 "갸우뚱"을 이 시집이 취하는 목의 포즈이자 얼굴의 표정이라고 부르자.

가만히 보면 잘 익은 빵처럼 부풀고 따뜻한데
바람이 불어나온다
노래가 흘러나온다

철학도 종교도 없이 흔들리지 않고
실패한 혁명처럼 떠올라

캄캄한 터널이야
비도 눈도 없는 기후인 거야

폐가였다
거짓말이었나

거기에, 뿌리 없이
솟아올라

추방당한 것처럼
기도하는 손처럼

가만히 보면 활화산처럼 뜨거운 불기둥이 쏟아져나올 것
같은데
눈물이 흘러나온다
웃음이 터져나온다

——「코끝의 감정」 전문

'계속 자라는 목'이 받치고 있는 "갸우뚱"한 얼굴이 있
고, 얼굴의 한가운데에 "캄캄한 터널"이 있다. 왜 이 터널
은 "거기에" 있는가. 늘 보아온 얼굴 한가운데 사물이 "뿌
리 없이"〔근거(根據) 없이〕 "솟아올라" 있는 '터널'로 느
닷없이 주목될 때, 이 사물은 평소 보아오던 그 사물이 아
니라 '이미지'가 된다. 이미지는 사물의 단순한 외양이 아
니다. 이미지는 사물과 그 사물에 달라붙은 익숙하고 오래
된 관념을 분리시킨다. 그럼으로써 이미지는 사물의 중핵
과 배후를 암시적으로 드러내는 '다른 것'이 된다. 이미지
는 일상적 시선에 기초한 사물의 존재 지반을 함몰시키면
서 그 주위에 깊은 웅덩이를 판다. 이미지는 그래서 '존재

물음'과 유사한 방식으로 나타난다.

　하지만 이러한 식의 이미지─물음은, 우리는 왜 하필 여기에 이렇게 존재할 수밖에 없는가(존재하지 않으면 안 되는가)라는 잘 알려진 철학적 물음과는 다른 차원을 개방한다. "잘 익은 빵처럼 부풀고 따뜻한데" "바람이 불어 나오고/노래가 흘러나온다"고 할 때, "캄캄한 터널"의 내부는 보이지 않는다. "철학도 종교도" 보이지 않기는 마찬가지다. "실패한 혁명"처럼 형이상학과 이념과 관념의 좌절을 확인하게 하는 기이한 사물이 바로 코다. "캄캄한 터널"은 "추방"과 "기도", "눈물"과 "웃음"의 극단적 대립을 포함하면서 사물에 대한 관념적 규정을 무위로 돌려버린다. 하지만 이것은 '무규정성'이라기보다는 '비규정성'이라고 해야 한다. "폐가" "거짓말"은 사물의 속성을 말하는 것이 아니라, 사물을 둘러싼 관념의 허위적 속성을 말하는 것으로 이해해야 할 것이다. 궁극적으로 여기서 '코끝'은 느닷없는 돌출만큼이나 무어라 설명하기 어려운 '이미지'를 통해 기지의 세계 배후를 드러낸다.

더러운 손, 매달린 왼손

　내 안에 꽉 들어찬 것은 희박하고 건조한 공기

기침을 할 때 튀어나오는 금속성 소리

날카롭게 찢어진 곳에서, 푸드득 날아간 새는 기침의 영
혼인가

한 문장을 다 완성하기도 전에

소멸하는 빛과 어둠, 사이에서

나는 되새김질을 반복했다, 반복해도

소화되지 않는 두 입술

사물들의 턱뼈가 더욱 강해진다

밧줄처럼 허공에 매달린 나는 공복이다

　　　　　　　　　　　　　——「물체주머니의 밤」 부분

얼굴 한가운데 돌출된 "캄캄한 터널"로 들어가면 "희박
하고 건조한 공기" 지대가 나온다. "한 문장을 다 완성하
기도 전에 / 소멸하는 빛과 어둠, 사이에서" 반복되는 "되
새김질"이란, 여기가 다름 아닌 '시인'의 "내벽"이라는 사
실을 암시한다. 이 시집의 화첩은 이런 의미에서도 시인의
자화상이자 그의 모델이 되는 '세계—신체'에 대한 초상화
라고 할 수 있다.

　화자는 이 내벽을 "굶주린 항아리"라고 말한다. 무엇에
굶주렸는가. 무엇 때문에 되새김질은 반복되며, 그럼에도
불구하고 "소화되지 않는"가. 이 굶주림과 "헛배"와 소화

132

불량은 시인—화가에 의해 이미지로 도약하려는 "사물들" 때문이며, "문장"이 되려는 이미지 때문이다. 모딜리아니의 초상은 표면적으로는 우아하나 내부적으로 격렬하다. 화가에게 핵심을 토해놓지 않으려는 액자 속 여자의 갸우뚱한 얼굴처럼, 그렇게 계속 자라서 액자의 바깥으로 길어지고 사라지려는 목처럼, 시인의 언어는 "더욱 강해"지는 "사물들의 턱뼈"와 쟁투를 벌인다. 그것은 드러낼 수 없는 것을 드러내려는 싸움. 이 싸움이 "밧줄처럼 허공"에 매달렸다고 표현될 때, 이 미적 기투의 절박함은 자살의 이미지로 나타나지 않는가. 시인의 "공복"을 어찌 단순히 "헛배를 앓"는 일에 비유할 수 있으랴.

안개가 사납게 번지고 있었다

나는 계속해서 움직이는 글자이며
어두운 아이
한 칸씩 뜯어지며

언 땅이 녹고 있었다

잘못을 되풀이하며 녹지 않는 얼굴을
옷장 깊숙이 넣어두고

좁고 긴 복도를 걷고 있었다

그림 속 과일이 색을 잃고
복도는 계속해서 야위어가며
깊어진 주머니

나의 더러운 손을 닦아주며
우는 손, 한 칸씩
두 칸씩

—「두루마리 두루, 마리,」 부분

그러므로 "잘못을 되풀이하며 녹지 않는 얼굴" "더러운
손을 닦아주며 / 우는 손"이 무엇을 뜻하는지 짐작하기는
어렵지 않다. 그것은 "좁고 긴 복도를 걷"는 "어두운 아
이", 사물들의 완강함에 다가가려는 시적 고투요, 고독한
자조다. 사물을 이미지로, 이미지를 문장으로 드러내려는
시도는 시시포스의 실패처럼 반복된다. "그림 속 과일이
색을 잃"는다. 사물의 중핵은 언어로 제 모습을 드러내지
못한다. 사나운 안개 속에서 "계속해서 움직이는 글자"는
한 칸씩 뜯기는 무의미, 반복되는 더러움이라는 의미에서
화장실의 '두루마리'와 같다. 시집 속 초상의 얼굴과 손은
이렇게 "잘못을 되풀이"한다. 마치 '두루' 펼쳐지고 원통
형으로 다시 반복되는 '두루마리'처럼. 그러나 이 되풀이

는 초상의 무능을 뜻하는 것이 아니라, 오히려 반복된 실패를 통해 부단한 반복의 '가능성'을 드러낸다고 해야 하지 않을까. 이 실패야말로 "움직이는 글자" 즉 '시 쓰기'의 존재 형식이 아닌가. 이 실패는 "움직이는 글자" 이전, 말의 너머에 이미 유동하는 세계가 있음을 암시한다.

　　수없이 금이 간 바닥을 숨기기 위해

　　주먹은 태어나는 순간부터

　　꼭 쥐여 있다

　　여리고 부드러운 살갗으로

　　그러나 지금 나는 아무것도 붙잡지 않고

　　고요한 바닥을 펼쳐놓고 본다

　　미세하거나 굵게 얽힌 이 금들은 불안에 떨고

　　나의 죽음을 예언하고 격분하지 않고

　　점점 분명해지고 있다

　　뒤집힐 수 있는 가능성과 부정할 수 있는 힘에 대해

　　나의 왼손은 잘 알고 있다

　　그것을 기록하고 지우고

　　다시 쓰다가 서글퍼하면서 메마른다는 것을

　　나의 오른손도 잘 알고 있다

　　여름은 이미 먼지에 싸여 있다

　　나와 같이 매달린 주먹들이 마술처럼 사라지고

　　나의 왼손은 부서지기 직전이다

떨어지기 직전이다

뒤집히면서 나를 부정하면서

　　　　　　　　　　──「매달린 손」 부분

　'손'에 대한 시인의 관심은 이번 시집의 '초상화'에서 특별한 데가 있다. 앞에서 '손'은 실패의 도돌이표라는 차원에서 "더러운 손"으로 묘사되었지만, 언급한 대로 이 실패의 반복도 가능성이며 역으로 말해 그것은 가능성 자체를 반복하는 일이다. 그렇다면 흔들리는 "나의 왼손"이야말로 이 '가능성의 반복'에 관한 이미지가 아닐까. "아무것도 붙잡지 않고" 있는 왼손 바닥의 "미세하거나 굵게 얽힌 이 금들"이 "불안에 떨고" 있는 이유는 무엇인가. "기록하고 지우고/ 다시 쓰다가 서글퍼지면서 메마"르는 일의 건조함이 어떤 것인지 알기 때문일 것이다. "수없이 금이 간 바닥"은 세계를 기록하기 위해 왼손이 행한 부단한 실패를 기억한다. 이 손금의 흔적은 하나의 가능성에 대한 기억이자 기록이다. 왼손의 기록이 오른손의 그것과는 다른 방식의 실패라는 사실을 기억하는 일은 이때 중요하다. 그것은 "뒤집힐 수 있는 가능성과 부정할 수 있는 힘"과 관계한다. 왼손은 오른손의 세계에 다른 가능성을 도입한다. 예수의 말을 잊지 말자. 왼손의 힘은 오른손이 하는 일을 모르는 데에서 나온다.

　"기록하고 지우고/ 다시 쓰다가 서글퍼하면서 메마른다

는 것"을 따라서 단지 손의 고독이라고 이해하는 일은 피상적이다. 여기에서 자욱하게 쌓이는 '여름 먼지'는 단순한 권태의 흔적이 아니다. "수없이 금이 간 바닥을 숨기기 위해" "태어나는 순간부터 / 꽉 쥔"인 '주먹'은, 메마름 가운데 "피어난 장미 서른한번째 밤"(「장미와 주먹」)의 기미를 제 손안에 쥐고 있다. 물론 이 존재의 기미는 밤하늘의 어두운 공기처럼 실체 없이 손아귀를 또 빠져나갈 것이다. "나와 같이 매달린 주먹들이 마술처럼 사라지고 / 나의 왼손은 부서지기 직전"인 것은, 왼손이 쥔 것이 오른손의 그것과는 달리 늘 오른손의 외부이며 영원히 움켜쥘 수 없는 것이기 때문이다. 결국 다시 왼손은 아무것도 쥐지 못한다. 손을 편 그 자리는 다시 허공이다. 불안과 죽음에 그을린 손금만이 오른손이 모르는 고투를 증언할 뿐이다. 그럼에도 이 초상화의 모델은 제 손이 "좀 투박하고 / 비어 있지만 마음에 든다"(「장미와 주먹」). "창문을 열어놓고 자는 버릇을 고칠 수가 없"(「나의 잠은 북쪽에서부터 내려온다」)는 시인 릴케처럼, 허공을 쥔 손과 불안에 그을린 손금으로 다른 창에 열린 부정의 시간을 감지하기 때문이다.

넘치는 발가락은 어디를 향하는가

열한 개의 발가락은 조금 넘칩니다

발가락들 옆에서 발가락이 처음으로
낭비라는 말을 이해했을 때

눈 내리는 숲에서 철컥, 덫이 이빨을 드러낸다
흰토끼의 귀가 길게 기둥처럼 일어서고
눈은 알 수 없는 미소를 짓고
구두 속에 다 들어가지 못한 나의 발가락들은
입이 없어 무서운 밤
올빼미처럼 까만 눈동자를 반짝이는 숲
추위를 아랑곳하지 않고 달려오는
눈, 밥은 끓어 넘치고
푹푹 익어가고

넘친다는 것은, 공중에 떠서 움직이고 있는
나의 바깥과 나의 무게는
발가락과 발가락 사이의 아득함은,
위험한 것입니까?
뜨거운 김이 피어오르며
주걱 위에 있는 밥알이 떨어집니다
침묵
처럼
흰 눈 위에 흰토끼가 흰 발자국을 남기고

내리는 눈은 핏방울을 뚝뚝 흘리며

강철로 변해갑니다

곧 정지할 세계에서

사나운 저울 위에서

오늘 나는 나를 좀더 낭비하겠습니다

열한 개의 발가락으로

흔들리겠습니다

——「저울과 침묵」 전문

이 초상화는 "열한 개의 발가락"을 그리고 있다. "거기에, 뿌리 없이 / 솟아올라" 있는 "캄캄한 터널"만큼이나, "뒤집힐 수 있는 가능성과 부정할 수 있는 힘에 대해" 알고 있는 '부서지기 직전의 왼손'만큼이나 낯선 것이 또 저 발가락이다. 언제나 '넘치는 것'들은 여기에 '뿌리'를 두고 있지 않다. 발에서 솟아나왔으나 열 개의 발가락에서 넘쳐 버린 저 낯선 잉여는 "나의 바깥"이며 "사나운 저울"로 잴 수 없는 "나의 무게"다. "발가락과 발가락 사이의 아득함"은 예상 외로 깊고 간격도 넓다. 마치 모딜리아니의 화첩 속 긴 목이 자라면서 "얼굴과 얼굴과 얼굴의 간격"이 벌어지듯이.

그것이 "위험한 것입니까"라는 자문은 이미 '답'을 알고 있는 자의 불안을 내포한다. "주걱 위에 있는 밥알이 떨

어"지는 까닭이 무엇이겠는가. '넘치는 것'들은 '밥숟가락'
의 세계에서 생존이 보장되기 어렵다. 액자 속 얼굴들의
세계, 얼굴들이 재는 "사나운 저울 위에서" 계측될 수 없
기 때문이다. 계측 불가능성을 '드러낸다'는 점에서 "열한
개의 발가락"은 저울의 한계이기도 하다. "발가락들 옆에
서 발가락이 처음으로 / 낭비라는 말을 이해했을 때" "낭
비"는 더 이상 존재의 소모라는 뜻으로 이해되지 않는다.
넘치는 것들의 "낭비"는 "끓어 넘치는" 비약이고, 계측되
는 세계를 탕진시킴으로써 발생되는 새로운 생산이다. 존
재의 변이는 늘 저 "열한 개의 발가락"처럼 넘치는 것들이
촉진하는 돌연변이다. 계측된 순환의 '정상 회로'에서는
'초과surplus'가 발생하지 않는다. 여기에는 흰 눈 위에
토끼가 남긴 흰 발자국 같은 "침묵"만이 있을 뿐이다.

　물론 넘치는 것들이 무조건 존재의 특이점이 될 리는 만
무하다.

　　종이를 가늘게 찢었을 때

　　결국 망가졌다는 걸 알았을 때

　　너덜거리는 다리

　　야구공만 한 눈

　　눈알을 어디로 던지고 있니?

　　다리야, 다리야, 어디로 가고 있니?

　　빠르게 먹구름이 머리 위로 흘러갈 때

〔……〕

눈알이 빠져서 망가져버렸어

나의 아름다운 푸른색

다리가 열 개여도 스무 개여도

푸른색이 더 이상 솟아오르지 않았어

너의 눈

너의 얼굴

—「오징어다리처럼」부분

　중요한 것은 "눈알"의 방향이다. "푸른색이 더 이상 솟아오르지 않"는 "너의 얼굴"과 "눈동자가 없어도/ 밤을 아름답다고 말할 수 있"는 모딜리아니의 모델 간의 차이도 여기에서 비롯된다. 자라나는 긴 목은 액자의 외부를 향하지 않는가. "빠르게 먹구름이 머리 위로 흘러갈 때" "눈알을 어디로 던지"는가가 곧 "다리"가 "어디로 가고 있"는가의 방향이 된다. 그러므로 "너덜거리는 다리"는 '너덜거리는 눈'이다. 여기서는 "다리가 열 개여도 스무 개여도" 아무것도 생산되지 않으며, 존재의 외부는 드러나지도 발생하지도 않는다. 넘치는 발가락은 단순한 잉여가 아니며, 다리에 붙은 난순한 부산물이 아니다.

주차장에는 많은 선들이 그려져 있다

턱도 없고

늪도 아닌, 선은 글자가 아니고

울타리가 아닌데

그것을 아무도 넘지 않는다

　　　　　　　　　　　　　　　　　——「선」 부분

　이 시집은 그 '오징어다리'들의 동선을 이런 방식으로 그리고 있다. 엄밀히 말해서 이것은 '다리'에 대한 묘사지 '선'에 관한 것이 아니다. '선'은 "턱도 없고/늪도 아"니며, "글자가 아니고" "울타리가 아"니기 때문이다. '선'은 객관의 현실이라기보다는, "아무도 넘지 않"는 '(오징어)다리'가 그리는 동선의 외적 표지다. 액자의 외부를 본 적 없는 시선, 프레임을 넘어서지 않는, 그래서 "갸우뚱"이라곤 모르는 목과 얼굴의 동선이 '너덜거리는 오징어다리'다. 시선의 방향이, 다리의 동선이 결국 우리의 한계요 확장이며, 불가능성이자 다른 가능성이다. 이제야 우리는 이 시집의 표제작이 왜 「양들의 사회학」인가를 짐작할 수 있게 되었다.

　아파트와 아파트 사이에 울타리를 칩시다

　우리 정원이 다 망가졌어요

　창문처럼 입들이 열렸다 닫혔다

교회 십자가 하나 세워도 좋을 법한 초원 위에서

양들이 풀을 뜯어 먹는다

눈과 눈 사이가 넓구나

얼굴 옆에 깊이를 알 수 없는 두 눈이 귀처럼 달려

양들은 눈이 어둡다

큰 눈은 잘 들을 수 있을 것도 같다

그렇습니까?

전 그냥 결정되면 알려주세요

〔……〕

초원은 고요하다

이마는 순하고

양의 울음소리를 들어본 적이 없다

——「양들의 사회학」 부분

    여기, 바깥을 향해 계속 자라는 목과 이미 알려진 세계를 무위로 돌리는 낯선 코, 허공에 밧줄을 매다는 절박함으로 문장을 되새김질하는 공복과 부정의 힘을 쥔 왼손과 실패를 반복하는 '더러운 손', 그리고 '낭비'로써 존재의 변이를 촉진하는 '넘치는 발가락'이 있다. 이상한 신체 부위들로 그려진 이 시집을 모딜리아니의 초상이라고 부르자. 「양들의 사회학」은 김지녀의 언어가 이미지로 포착한 이 초상화의 여집합이다. "아무도 넘지 않는" 선, 더 이상 푸른색이 솟아오르지 않는 큰 눈, "빠르게 먹구름이 머리 위로 흘러갈 때"를 추종하는 너덜거리는 열 개 스무 개의 오징어다리가 이 사회학의 원리다. 여기서 열 개 스무 개의 다리는 새로운 존재 변이의 상징이 아니라 약삭빠르고 닳고 닳은 저울의 동류에 불과하다. 미간이 넓어서 '순한 이마'와 '큰 눈'은 순결한 정신이나 존재의 심연과는 무관하며, 다만 굴종과 무지와 비겁에 단련된 이미지다. 초원의 고요는 울타리 바같으로 뛰어본 일이 없는 존재들의 "정지" 상태에 대한 스케치일 뿐이다.

왜 양들은 울지 않는가. "깨어나야 할 시간이 지났어도/깨어나지 않는 사람처럼"(「깨어나지 않는 사람에게」) 공포와 불안조차 지각하지 못하는 존재에게 눈물은 불가능하다. 공포와 불안도 이런 점에서는 가능성의 한 차원이다. 목전에 도달한 죽음에 대한 무감각이 '양들의 사회'의 평화와 착함의 본질이다. '어두운 눈'은 그저 어둡다. "깊이를 알 수 없는 두 눈"은 깊이를 가지고 있지 않기에 그러한 눈을 하고 있을 뿐이다. 신앙의 표지("교회 십자가")가 도처에 깔린 지상에서, 존재의 다른 기척을 들어본 일 없는 양들에게 몽매는 하느님 나라의 만나처럼 내린다. 이미지가 된 사물들의 초상화에서 시어의 아이러니 역시 눈처럼 '평화롭게' 내리고 있다.

『양들의 사회학』은 김지녀의 두번째 시집이다. 경쾌한

감각으로 소소한 일상을 위트 있게 뒤집고, 말이 그 형식에서 추구할 수 있는 바의 달콤한 에로스를 부각했던 것이 『시소의 감정』이었다. '언니'를 발화하던 그 목소리를 굳이 떠올리지 않아도 우리는 그 시집의 주인공이 소녀와 숙녀 사이의 어떤 여자였다는 사실을 짐작할 수 있다. 그러나 어떤 '초상화'를 그리듯 신체에 유난히 집중하는 이번 시집에서 '화가'의 성별은 분명치 않다. 그것은 이 '화첩'의 오브제들이 규정되기 어려운 것들로 이루어졌다는 사실과 무관하지 않다.

김지녀 특유의 시적 취향을 따르되, 이 초상화는 이전 시집의 에로스가 아니라 형이상학적 관심이라 할 만한 것에 상대적으로 더 집중한다. 길게 계속 자라는 목이나 열한 개의 발가락은 나보코프 소설 속의 페티시가 아니다. 이 화가에게는 그 오브제들의 운동 방향과 넘치는 에너지에서 암시되는 존재의 배후가 중요하다. 사물을 이미지로 전환하는 말의 고투를 통해 이 화가―시인이 액자의 바깥, 울타리의 너머를 욕망한다는 사실을 감지하기란 어렵지 않다. 한 명의 시인으로서 이 욕망은 언어의 비가시적인 외부, 그리하여 궁극적으로는 언어로 개념화된 사고의 외연을 과감히 확장하려는 대담함이기도 하다. 시인은 이 시도가 늘 실패의 기록으로 끝나고 말 거라는 사실도 잘 알고 있다. 이 사실을 이야기할 때, 말의 뉘앙스에 약간의 우수가 깃들기는 하지만 이때 화가―시인은 그 자신의 방식대로 여전히 발랄하다.

마지막으로 특별히 기억해야 할 사실은, 이 시인에게 에로스가 형이상학의 층위로 이동할 때, 이 에너지의 동선이 '감각의 사회학'을 매개하고 있다는 사실이다. 첫번째 시집과 두번째 시집 사이에서 화가—시인은 자기 시대의 거리 풍경에서 "똑바로 걸어도 비뚤어진다"는 사실을 경험한다. "거울 속에서 귀가 눈을, / 코가 입술을, / 비웃기 시작"(「사시(斜視)」)하는 일은, 흔히 시인에 대한 통속화된 선입견 속에 존재하는 자폐적인 자조 같은 것이 아니다. 이러한 감각과 자존감의 혼란 상황이야말로 우리 시대 한국시의 한 이동 경로를 이해하는 데에 중요한 참조사항이 되어 마땅하다. 우리 시대의 젊은 감각을 깊이 있게 이해하려고 할 때, '사회학'이 문학적 신체의 단순한 후경이 아닌, 그 신체의 감각을 배태하고 지탱하며 변형시키는 존재지평이라는 사실에 대한 발견이야말로 필수적이다. 이 시인은 "국문학을 전공한 사람으로서 / 정치학을 전공한 사람으로서" "오늘 비는 해석할 여지가 있"(「붉은 비」)다고 생각한다. '양들의 발자국' 역시 시인이 선 우리 시대 빗길 위의 한 동선이다.

이 시집의 궁극적 "기다림"은 이 빗길 위의 무정한 고요와 기만적 평화가 "무너지고 무너지면서" "세계가 움직이기 시작"(「개미들의 통곡」)하는 것이다. ▨